앉은뱅이꽃 한나절

한국의 단시조
윤금초
001

앉은뱅이꽃
한나절

책만드는집

*

일찍이 문화민족에게는 그들 나름의 민족시나 정형시가 발전, 정착돼왔다. 중국에는 오언율시나 칠언절구라고 불리는 한시漢詩가 있고, 서구西歐에는 소네트라고 하는 14행시가 존재하고 있다. 일본엔 와카和歌나 하이쿠俳句라는 전통문학이 있고, 우리 한국에는 시조라는 이름의 정형시가 엄연히 존재하고 있다.

*

요즘처럼 시詩에 젖어 살아온 적이 있었던가? 자다가 꿈결에 시가 다가오고, 자다가 가위눌린 듯 시마詩魔에 들려 소스라치고는 한 것이다. 때때로 자다가 환청에 홀려 몸을 뒤척이기도 했다. 그러므로 스쳐 지나가는 '순간의 이미지'를 놓치지 않으려고 (불을 켜지 않은 상태에서) 어둠 속에서 메

모를 하고는 했다. 잠자리에 들기 전 미리 머리맡에 종이와 볼펜을 준비해두는 이른바 '암중모색'도 하게 된 것이다. 몹쓸 '시마'가 이렇게 사람을 붙잡고 늘어지다니.

'즉물시卽物詩'란 가당찮은 말이지만, 가끔 단형시조에서는 대상을 포착하자마자 곧바로 요리해야 하는 날쌘 순발력이 필요하다는 사실을 체득했다. 그렇다. 스쳐 지나가는 '순간의 영감'을 포착하는 것이 단형시조의 명운命運을 가름하는 요체要諦라는 사실을 체험하기도 한 것이다.

뮤즈Muse여. 오늘 나에게 안성맞춤 표현 양식을 부어주어서 감사하고 감사하다.

*

바라건대, 아직은 이 몸과 숨결과 정신에 군살이 박히지 않도록 또 다시 '피를 잉크blood Ink'로!

2015년 정월
今初詩魔齋에서
윤금초

| 차례 |

2부

3부

4부

5부

6부

1부

봄, 조루증

하마하마

조루증인가,

미선나무 조생 꽃 진다.

밤새 일군 세간 목록

훨훨 다 분탕질하고

눈석임

광대역 영상이

뽀글

뽀글

들끓는다.

천창 天窓

페가수스 우련 뜨고

미리내도 눈을 씻고

청자 하늘 얼비친다, 천창 한껏 여는 그날.

보게나, 천장을
가른
아찔한 저 비상구.

해먹

아라비안 후예들이 밤도와 마름질했을

물색 고운 그물 그네, 해먹 한 채 드린 날은

까마득 저승도

글쎄

발치 아래 서성일까.

천일염

가 이를까, 이를까 몰라
살도 뼈도 다 삭은 후엔

우리 손깍지 끼었던 그 바닷가
물안개 저리 피어오르는데,

어느 날
절명시 쓰듯
천일염이 될까 몰라.

달빛 줍는 돌장승

코앞에 핀 달개비와 눈싸움만 이냥 하는,
대곡사 돌장승은 잡귀 쫓는 시늉은커녕
밤새껏 달은 보지 못하고 달빛이나 줍고 있네.

고백

비린 자반 한 손이나

씀바귀 쓰디쓴 날이나

비루한 눈빛 걷으라고, 야비한 미소 접으라고….

산 입에

재갈 물려도,

와락! 하늘 무너져도.

어느 날 어사화御賜花

영동 시인 지성 형이 어사화 순 건네준다. 지나새나 붓끝 벼리듯 서너너덧 올린 꽃대.

어느 날 이내 쓰개에도 어사화를 꽂을 건가.

어느 무요일無曜日 1

내 예꺼정, 예꺼정 왔네. 발품 하냥 팔고 왔네.

이승 굽이 머흔 굽잇길 발품, 발품 팔고 왔네.

들기름, 들기름 먹인 듯 훗승 길도 얼비치게.

토우, 가야의 미소

떡 주무르듯 떡 주무르듯
점토 이겨 바른 몸맨두리
고개 갸우뚱
입도 마냥 헤벌리고
웃는 건지 우는 건지 뭉툭한 그 눈매
한 자루
푸짐한 익살
부려놓은 가야 사람.

가는 세월

노랑 메조 낱알 헤며 땅에서 하늘까지

한 번도 아니 아니고 백 번씩 채운 뒤에 한 마리 새가 천
년에 낱알 하나씩 물고

세상을 몇 백 바퀴씩 휘휘 돌고 돈다고 합니다.

난전亂塵

무르녹은 아편꽃물 온몸 물집이 생기고

귓불 간지럼 태우는 날벌레 날갯짓 잦다.

코 째는, 아으! 코 째는, 꽃의 난전 이 봄날.

어느 무요일無曜日 2

　　#
해거름 이내도 금세

마른손을 걷고 있다.

　　#
한 시대 대지르는

순리의 날을 벼려

　　#
정수리

숫구멍 겨누는

아흐,

써늘한 저

단칼!

…싶다

태우다 만 잿더미로, 잿더미로 남을 세간.

검불 죄 그러모아
불쏘시개 하고 싶다.

원고지, 몽당연필도
불쏘시개
다
하고 싶다.

제주 정방폭포

머리끝 쭈뼛 선다,
물 폭탄 하늘 깬다.

깨어나라, 깨어나라,
정방폭포 죽비 친다.

숫구멍, 저 발끝꺼정
죽비 친다, 수직 할喝!

수유도 눈 깜짝할 사이

대 내린다, 대 내린다,
삼천대천 대 내린다.

수유도 눈 깜짝할 사이
발아래 서릿발 안치고

수유도 눈 깜짝할 사이
수미산에 놀이 탄다.

불타는 신전神殿

늙은 처사 매화 등걸

화닥화닥

봄을 탄다.

벙글 듯

몇 날 며칠

애달게 궁구하다

어머나!

꽃 터진다,

터져

천지사방

불이야,

뭐?

갑길리 노을

실성한 어느 계집애
개짐 조각 널고 있다.

뉘엿대는 하늘 가녘
강물 소리 풀어나 놓고

해거름
생장작불이
타다 만 듯, 타다 만 듯.

2부

머루포도 어머니

머루포도 속살 속에 비비새*가 숨어든다.

숨어든 속살 쪼아대는 어머니 때 이른 가을

검붉은 포도알 아닌

쭉은** 젖을 내민다.

* 붉은머리오목눈이.
** '밭은' 혹은 '쭈그러진'의 전라도 탯말.

푸시, 푸쉬시

감빛 노을 볼보이가 공 뻥 뻥 걷어찬다. 빛살 실어 굴러가
는 구경꾼 웃음 뒤에,

축구공
바람 새드키
푸시, 푸쉬시 놀이 진다.

능소야, 능소

속울음
붉디붉게 펴 올리는
능소凌霄야,
능소

애달게 잉잉거리는
호박벌
늦은 젖 물리고

세상에!
눈먼 돌부처를
툭, 툭
깨운
저 능소야.

슬픈 고요

고요가 고요더러 눈인사를 건네 온다.

뚝뚝 지는 꽃잎에도 양각 획을 턱 긋다 말고

슬프나 슬픈 이생에 손사랫짓 치다 말고.

어떤 뚱딴지

싸구려판 저잣거리

양잿물도 천세난다.

작파할까, 작파할까,

비렁뱅이 글쓰기를!

원고료

한 푼 없는 원고

그나마도 빽을 쓴다.

열닷새 이슬방울

밤새 벼린 산억새 잎
일도양단 달 가른다.
눈물 뚝 뚝 피 흘리는
벼룻길 끝 이슬방울…. 참, 차다.
산문을 밀고
외오 흘린 내출혈內出血.

과학, 비과학, 비비과학

무량대수 정보 바다 키보드를 두드리다

손놀림도 가비얍게 불꽃 튀는 독수리 타법

어쩔까?

훔쳐낸 파일

무량대수 퍼 담는다.

연꽃 몽유夢遊

열아홉 갓밝이 소저小姐

쓰개치마 걷고 있다.

헐었다 도로 짓는 적멸보궁 먼발치께

잉걸불 햇덩이

말고

물빛 달을

피워 문다.

우바이 마애불

촛불 밝혀 톺아봐야

드러나는 나체 부조浮彫

대흥사 뒷산 자락

골짜구니 바위 벼룻길

가릴 곳

멋대로

안 가린

우바이다, 나체 부조.

이 빠진, 가을

　#
한물간
개망초꽃
물색 바랜 퇴기退妓 같다.

　#
이에 저에 내돌리다
시울 닳은
퇴기 같다.

　#
그 가을
소슬바람에
눈물짓는
퇴기 같다.

배롱나무 ㅋㅋ

근질근질 배롱나무 키득키득 웃고 있다.

겨드랑이 긁을수록 간지럼 타는 건지…. 저 홀로,

훌 훌

깨복쟁이*

천진무구 우는 건지.

* '발가벗은 사람'의 전라도 탯말.

역성혁명

저문 왕조 뒤뜰 같은,

역성혁명 뒷날 같은.

모반의 창검도 없이

짐의 등을 겨눈 그때다…. 잎 먼저

꽃등을 켜는

미선나무 대역죄라니!

동물의 왕국

위풍당당 사자 거사 막줄 가는 초원 길목

못난이 하이에나, 하이에나 덮쳐 온다.

약자가 강자를 삼킨

대반전大反轉 마침표라니!

어느 무요일無曜日 3

익명의
마칼바람,
말벌 떼가 몰려온다.
보이지 않는
웬 손아귀
덜미 그악 거머쥔다.

뭉크의 잿빛 캔버스
이에
저에
나뒹군다.

끝물 단풍

부르르 냄비 끓듯 목매달아 했지 않니?

너나 내나 밤을 도와 죽자사자 했지 않니?

뻥이요,
분홍빛 사랑
팡 팡 터진
뻥이잖니?

요사寮舍의 한낮

샛바람도 쉬다 가고 진사辰砂 구름*도 졸고 있다.

곱게 늙은 절집 요사

청동 운판雲版 걸어놓고

때릴까,
자부름 깨는
돈오돈수頓悟頓修
운판을.

* 서상만의 시 「백동나비 4」에서 인용.

어느 무요일 無曜日 4

종잇장 얇은 바탕

연필 촉도 바로 뚫지만

강철판 두꺼운 바탕

창의 날도 무뎌진다.

아뿔싸!

세속 켯속이

종잇장인가, 철판인가.

3부

허천뱅이*, 허천뱅이

황음荒淫의 늪 헤갈대는 걸귀로다, 걸귀로다.

이녁 그 뱃구레엔 몇 마리나 걸귀가 사니?

마지막 임계점臨界點 넘은 동취銅臭 풀풀 걸귀로다.

* '걸귀'의 전라도 탯말.

봄 / 확대경

　우리 한때 봄 민들레 떡잎으로 돌아온 날. 밤도와 두레박
질, 관다발이 쿵쾅거리고

　천지에!

　늪물이 괴는 먼 산울림 풀고 있다.

어느 무요일無曜日 5

캄캄한 그 냉골 방을 혹여 누가 여수고 있나? 진사辰砂 구름 한 자락도 동취銅臭 난다, 동취 난다. 군등내 손목 다 가셔도 동취 난다, 저 무녀리.

제상堤上의 피

— "내 차라리 신라의 개돼지가 될지언정 너희 왜국의 신하는 되고 싶지 않
다. 차라리 매질은 받을지언정 너희 왜국의 작록爵祿은 내 받고 싶지 않
다."—『삼국유사』「내물왕과 김제상金堤上」편에서

발바닥 가죽

벗겨내고

불

철판 위

올라서도,

갈대 끝

핏자국 맺히는

불 지짐

효수梟首해도,

끝끝내

"신라의 신하다"

울부짖은 삽라歃羅* 태수.

* 지금의 경남 양산 지방.

꽃의 변증법 4
– 어떤 화간和姦

근질근질 가려움증, 온 산이 가려움증이다.

배꼽 밑도 못 가리고 화간하는 시늉이다.

닫혔다, 척 하니 풀리는 금낭화 붉은 성감대性感帶.

두 도시 이야기

저네들은 대의민주代議民主

무젖은 깃발 펄럭이고,

저네들은 일자一字 입에

반골反骨 수염 꺼칠하다.

이 나라
광화문 광장
두 개 해가 샛노랗다.

소금쟁이 사랑 보법步法

뉘 물갈퀴 빌려 왔니?

발끝에 잔털 쓰고

옥죄는 속박도 그만,

물 위를 훨 훨 난다.

부르르 탈脫이데올로기

브릉브릉 사랑 탄다.

줄

쇠심줄 질기나 질긴 밥줄인가, 명줄인가.

반도 하늘 쥐락펴락 관피아, 정피아라

여보게. 돈도 빽도 없는 우린 그저 천치라.

어느 무요일無曜日 6

어느 검은 검투사가

창검 마구 휘두른다.

으, 으, 으, 떨며 떨며

백동 잎이 흔들리고

자다가 소스라친다,

가위눌린 이생에서.

맨드라미 에피그램

인공人共 때 그악스런 매타작, 마당꿇림

그날 그 피칠갑 두른 만행蠻行 길목 지키다가… 이제는

책상다리 틀고

쭉은 닭 볏 헤고 있네.

사직의 가을

머리 숙여 조아리던
사직의 꽃
다 이울고

지난 철 기름진 갈잎
삭탈관직 우수수 지고

우듬지
남은 잎새가
석고대죄 으스스 떤다.

부메랑

풀꽃반지 엮고 놀던
소꿉친구 그 낮달이,

팔랑개비 감고 넘던
고갯마루 저 낮달이,

해거름
부메랑 되어
내 발목을 붙드네.

청자죽절문병 青磁竹節文瓶

청동 입술 타다 만 듯
칠흑 어둠 굴가마 속

칠점사 비늘 같은
누비주름 죽절이며

탱탱한 비색翡色 천년이
고여 내린 하늘색 일요일.

풀무치가 되뇌는 짤막한 소견所見

밥퍼* 행렬 서나 마나

노숙의 밤

참, 허기져요.

달개비 뒤 웅크린들

짠한 눈빛

거두세요.

제발

날

욕뵈지 말아요,

빛 좋은 개, 개살구라.

* 노숙자나 행려자들에게 무료 급식을 제공하는 자원봉사 사업.

즐문토기, 혹은

흙 속에 저 바람 속에 천년 울음 갈아두고
어느 뉘 가슴 데우다 예까지 나들이 왔나.

갓밝이
눈요기도 분복

식은땀을 손에 쥔다.

버마재비* 사랑법

목덜미 그러안고
숨 가쁘게 흘레붙는
헐레벌떡 춤추는 듯
하, 절정의 뒤끝에는

아그작!
반역反逆의 사랑
히잡 두른 테러리스트.

* 사마귀, 혹은 오줌싸개로도 불리는 버마재비 암컷은 짝짓기를 끝낸 뒤
  수컷을 잡아먹는 경우가 있다.

섬 1
– 강진 마량 까막섬

큰 주름 뒤에 작은 주름
주름은 곧 준법皴法이다.

팔을 밀었다 당겼다, 때리거나 긁는 하루

저 바다
뭍을 만난 자리
가끔 삶은 두 경계다.

* 이현열의 「바다를 끼고 살아가는 삶이란」 참고.

4부

앉은뱅이꽃* 한나절

어느새 폐문이 돼버린 죽은 누이 자궁도 같이,

이물없이** 내려앉아 뽜리 튼 산그늘같이.

그러게,

아이 어지러워

어깨 겯는 앉은뱅이꽃.

* 제비꽃의 방언.
** '허물없이'의 전라도 댓말.

늙은 랍비의 간증

돌너덜 길 가파른 길 뼈끝 아린 맨땅 너머
속사람 거듭난 랍비, 학술원 늙은 랍비라,
지성소至聖所 무릎을 꿇고 내가 나의 적敵을 쫓는….

가을 관음증

알몸 반쯤

벗고 있다, 향 싼 종이 봉인을 뜯고. 날 보란 듯 붉디붉은 볼기 척 까발리고

홍옥紅玉의 이른 가을이

날 보란 듯,

날 보란 듯.

절정絶頂

저물면서 더 붉게 타는 저녁놀 놀빛 물고
애터지게 잉잉거리는 호박벌 풀무질 소리.

한 생애

극도에 오른다.

그러거나, 말거나.

흑 흑 흑

우글쭈글 세월처럼

凹凸△ 모여 사는,

어느새 한 생애의

깊고 어두운 저녁이*,

흑 흑 흑
한 생애 저녁이
발치께에 멈칫댄다.

* 유강희의 시 「귀룽나무는 하늘로 오르는 귀룽나무」에서 인용.

어느 무요일無曜日 7

세종대왕 괴롭히던 몹쓸 부럼 예까지 왔나? 등을 째고 고

름 짜고 하얀 붕대 감고 있다.

그 옛날 고혈膏血을 짜던 토색질이 이러했을까.

쥐며느리와 놀다

눈 깜짝 흘레붙다

엄마한테 들켜서요,

삐식삐식 노란 이를

멋쩍게 드러내고요,

토란 잎 젖은 우산 밑에

정조대貞操帶를 푼다나요.

가을 담화談話

갈잎 책장 펼쳐놓고 담론談論하는 가을 어귀

눈먼 돌부처 코허리 단풍물이 들락 말락

비릿한 세상도 이내

적멸 천리 감빛 깊다.

까막딱따구리에 관한 간추린 보고

제
폭폭한 속울음도,
속울음도 못다 퍼내고
저
말랑한 봄볕 골라
부싯돌 하냥 쳐대듯
딱 딱 딱
탁발승처럼
천둥지둥
목탁 쫀다.

토란 잎 데생

토란 잎
크낙한 손이
금물방울 털다 말다
뭐라 뭐라 구시렁대는
이른 동살 무렵인데요,
이따금
제풀에 겨워
물의 풍경風磬
울리데요.

겨울 황지黃池

뉘 해거름 길손인가,
막장 같은 겨울 문턱

못다 여민 옷섶이며
썰렁한 속진의 한때

이제는 덧문을 닫고
동면에 든 삼천대천.

상처는 별이 된다

한 시대 패역한 땅끝

명부冥府의 난추니 골짝

죽었다 도로 살아난

캄캄한 밤하늘엔

풀무질

타는 불길 넘어

상처는 다 별이 된다.

생태 뒷간

남원 실상사 생태 뒷간
별난 글귀 새겨 있다.

냄새는 조금 납니다. 허나 우리 모두 살리는 고마운 생명
향기입니다.

똥은 또 밥이 되고요, 밥은 다시 똥이 되고.

*《전라도닷컴》 2014년 9월호 40쪽 참고.

가는잎쑥부쟁이

골 깊은
새벽잠
깬
푸른 고려 하늘 이고,

은입사
실구름무늬
태산의 무게
받쳐나 들고,

낮벌레
울음밭 흔든
꼬리 짧은
저 메아리.

어느 무요일無曜日 8

맹물보다 슴슴한 날… 슴슴한 맹물 켜다가

문득 떠오른 안태본… 엄니 젖내 떠오른 날,

서울역 대합실 찾아가 고향 사투리 팔고 온다.

무안 '양파 산성山城'

대책 없이, 대책 없이 길 가상에 쌓여 있제.

울처럼, 산처럼 높은 천덕꾸러기 양파 산성

헐값이 아니고말고. 무無값이여, 천하고 천한 무값이여.

* 남인희·남신희의 "올 농사는 헛농사여" 참고.

섬 2

– 진도 가사도

톳 줄에 톳 아닌 거는

갯지심허고 잡태랑께.

검으나 검은 톳 사이사이

무릎걸음 헤쳐, 헤쳐 가제.

우덜은 부른 디가 많애.

생전 쉴 참 따로 없제.

* 《전라도닷컴》 2014년 8월호 10~20쪽 참고.

5부

으악!

산자락 괴고 숨 고를 때
매봉산이 기우뚱하네.

깨복쟁이 저 지렁이
온몸 ∞∞ 뒤척이네.

갈 길 먼
내 이생을 감고
∞∞ 뛰네,
으아악!

남천南天

단풍물 무르녹은 으능잎도 다 이운 자리

애운한 일 휘파람 부는 휘파람새 불러놓고

남천 빛 저리 물드는가, 저무는 이승 붉어라.

어느 무요일無曜日 9

남 군서방 삼 년 차에 약발 죄 타버린 건지

홍애* 뭐 늘어지드키 쭈그렁 망구 터수라,

봄날도 헤식은 봄날, 양달 가녁 배도는감?

* '홍어'의 전라도 탯말.

해거름 파르티잔

눈발처럼 봄비처럼 배꽃 저리 흩날리고 선불 맞은 짐승인가, 절룩 걸음 파르티잔.

해거름 긴 그림자 끌고 허위넘는 그날에.

그해 겨울 칸타빌레

백설기 눈가루가
팔한지옥八寒地獄 얼음 위에
켜켜이 포개져 있다.

빛 부스러기
내려앉은 호숫가에
금비늘 뒤척이고

휘굽은 다복솔 가지
오도송을 외고 있다.

꽃, 어질머리

물너울 휘적 건너 번지는 꽃내 훔쳐 맡고

씨방 속 과립꺼정 모르핀에 취하는 한때

천지가 어질머리로다, 꽃내 얼얼 취한 날에.

낮달 야사野史

허천나게 배고파서, 배고파서 뻘기 쉽던

가풀막 황토 언덕 가도 가도 허기졌지.

흰 낮달 뒷등 여수고 낮을 버리고 있었지.

어느 수전노

한 주정뱅이 숨졌습니다, 땅속 깊이 금괴 묻고

어느 날 쥐의 형용 그가 아들 앞에 나타났습니다.

듣느냐? 황금귀신 몰골이 이런 애비 화상이란다.

접미사, 때깔이 곱다

거짓투성이, 욕심투성이, 허영투성이 밀쳐두고

'투성이'란 접미사 앞에 '흙'이 턱 올라앉은 그날

그 말 참

때깔이 곱고

거룩해진 품새로다.

은사시 잎새

은사시
지는 잎이
새 떼처럼 날아든다.

가뭇없이
저무는 세월
마른바람 스쳐 오고

때로는
감전感電된 드키
날개 팽글
추락한다.

쑥

어머니
삼킨 속울음
다북쑥
그렁 움켰을까.

구쁘나 구쁜
뱃구레
봄빛 한껏 물려주고,

한 생애
쓰디쓴 풀물
일월 성상 풀어낸다.

헛바람 화냥기처럼

봄볕에 생흙 드러낸 논틀밭틀 둑 너머로
산자락에, 풀밭 위에, 헛바람 화냥기처럼
이 하루 콧날 시큰토록 복사꽃 붉게 물드네.

아기 돌고래 윌리

– 적조 赤潮

난바다

거친 물살

요람인 듯 헹가래 치다

푸우, 푸우,

숨이 겨워

구명 신호 타전한다.

어머니 젖줄을 놓고

아흐, 벅차!

아흐, 숨차!

어느 무요일無曜日 10

이리 감추고, 저리 꿍치고

용용 죽겠지, 날 잡아봐.

도마뱀 꼬리 자르듯

엉너리 친 차명 계좌.

어머나, 대명천지에

다 털렸네, 빈 소쿠리.

봄, 키 재기

바람서리 섞어 친 세월

주름진 손이 재고 있다.

저울이 달지 못한 무게

근수 달고, 물매를 짚고

차디찬

밭틀논틀 건너

보리 싹 봄

키도 잰다.

미늘

깊으나 깊은 무저갱 속

난바다 너울을 짚고

팽팽한 수평선 넘실,

한 척 낚배 띄운 그날

미늘에

들숨 날숨 걸고

고패질이 하염없다.

꽃지짐 한나절

위뜸도 아래뜸도 어라, 꽃지짐 한나절에

참벌 닝닝 꿀샘 찾는 꽃지짐 이 한나절에

꽃 층층 예배당 짓고 통성기도 한창이닷!

6부

가을 시마詩魔 2

이마엔 듯
이마엔 듯
불도장을 찍어놓고

일흔 이랑 물굽이에
세월 그도 녹아내려

당단풍
붉은 잎살이
문득
가을
시마에 젖다.

아침 쥘부채

파묵破墨의

일출 바다

쥘부채를 펼친다.

등줄기

쫙

가르는

얼음바람 건듯 일고,

펼쳤다

도로 접히는

이승 한때가

쥘부채다.

쑥대머리

— 사람의 설움이 어지간해야 눈물이 나오는 법이지, 기가 차고 먹이 꽉 차면
  뛰고 미치고 환장을 하는 법이렷다.—판소리「심청전」에서

쑥대머리
애원성哀怨聲을
임방울만 울었다더냐.

한세상 오만 시름
시궁을 딛고 서서

여보게,
우리네 연꽃
살 비비고 오리라.

어느 무요일無曜日 11

해종일 궁구窮究한다,

시계視界 밖은 천길 벼랑

밀었다 당겼다가 오만 적의敵意 느물거리고

어라, 이 파투 난 시대

본회퍼*는 어디 있니?

* 히틀러에 저항했던 독일의 신학자.

어느 무요일無曜日 12

칼이란 건 잘 쓰문 이기利器요, 잘못 쓰문 흉기凶器라요. 칼

끝 대립각對立角 세운 시상(세상) 안 들문 숫돌에 갈아 써. 시

퍼런 작두 서슬에 뉘 하늘이 갈릴라!

둔황* 가는 길 1

꽃잎은 꽃잎 그대로

푸나무 잎은 이파리대로

양귀비 옷자락처럼

팔랑대고 팔랑댄다.

연화탕蓮華湯**

알몸을 훑는

현종玄宗 황제 관음증.

* 타클라마칸 사막에 이어지는 고원지대의 오아시스에 있으며 실크로드
  의 요충지로 번영했음. 돈황敦煌.
** 양귀비 전용 목욕탕.

둔황 가는 길 2

죽은 진시황 허락 없인 침입자 뉘 아무도

독화살 맞아 죽는다, 자동 발사 독화살에.

여직도

인어人魚 기름불

가물가물 타고 있다.

둔황 가는 길 3

 머리만 있고 몸통 없는 검은 괴수 도철饕餮이다. 닥치는

대로 마구 삼키는 검은 괴수 도철이다. 무자비 중국 도철은

막고굴* 천장에 산다.

* '둔황 석굴'의 북한어.

둔황 가는 길 4

모래가 천둥소릴 낸다, 강풍이 할퀴는 날

초승달 띠를 두른 월아천月牙泉은 거기 없고

능선을 오르는 사람, 무당벌레 걸음새다.

둔황 가는 길 5

　기다란 민둥산이 곱게 늙은 와불이다. 꿈결엔 듯, 생시엔
듯 모래구릉 헤매는 날

　생사의 경계를 긋는 중음中陰의 땅 예서 본다.

둔황 가는 길 6

우물 속에 일렁일렁 명사산 막고굴이
뒤척뒤척 얕은 잠 속 두레박 타고 와서
비천의 옷자락 펄럭
호선무胡旋舞를 추고 있다.

둔황 가는 길 7

천축 오가는 입축승入竺僧* 바람 가린 파오** 두엇

허위허위 죽음의 땅 사투 끝에 넘나들고

보게나,

병들고 눈곱 낀

낙타 눈이

짠하다.

* 혜초 등 천축, 즉 지금의 인도에 건너간 스님을 일컬음.
** 막고굴 사막지대 회족들이 살던 원형 천막.

둔황 가는 길 8

솥처럼 오목한 땅에

복사열이 들끓는다.

타는 잉걸 연옥인 듯

복사열이 들끓는다.

'파인 땅'

투루판吐魯番 근동엔

화염산火焰山 불길 치솟는다.

둔황 가는 길 9

비로자나, 비로자나,

몸체 드러낸 비로자나.

꿈인가, 생시인가,

몸체 드러낸 비로자나.

천불동

천년 가람에

살아 숨 쉬는

비로자나.

둔황 가는 길 10

하늘을 어루만지는

대안탑大雁塔 7층 전탑塼塔

무릎 꿇고 주먹 쥔 채

머리 쿵쿵 짓찧는 그

중국판 오체투지라,

기러기도 보살 흉내라.

단형 서정의 전율과 그 심연

– 윤금초의 단시조 미학

유성호 **문학평론가 · 한양대 교수**

1

윤금초尹今初 시인의 단시조만을 모은 신작 시집『앉은뱅이 꽃 한나절』은, 그 자체로 우리 현대시조가 가 닿을 수 있는 함축 미학의 한 극점을 여지없이 보여주는 결실이라고 할 수 있다. 현대시조가 일정한 형식과 율독적 배려를 통해 정형 양식으로서의 정체성과 확장성을 지켜왔다면, 그래서 형식적 제약을 감내하는 한편 새롭고도 기억할 만한 언어와 해석과 감각을 창의적으로 보여왔다면, 이러한 실천에 잘 부응한 결과 가운데 하나가 이번에 출간되는 윤금초 시인의 단시조 모음집이 아닐까 한다. 그만큼 현대시조의 '꽃'이라 부를 만한 단

수 미학의 한 정점이 이번 시집에 가득 담겨 있다고 할 수 있을 것이다.

아닌 게 아니라 현대시조의 함축 미학을 가장 잘 보여줄 수 있는 양식이 '단시조'라는 점에서, 이번 단시조집이 그러한 정형 양식의 한 고전적 위상을 선명하게 보여줄 수 있다고 생각한다. 물론 단시조는 그 안에 삶의 전체성이나 커다란 스케일을 담기는 어렵지만, 삶의 단면이나 정서의 '충만한 현재형'을 전해준다는 측면에서는 섬광과도 같은 빛을 우리에게 줄 수 있다. 그리고 노래로서의 감동을 경험하게끔 하는 기능도 마다하지 않는다는 점에서, 우리는 정형 양식의 백미인 단시조 미학을 깊이 눈여겨보게 된다. 이러한 단시조의 속성을 남김없이 집대성한 윤금초 시인의 결실은, 우리 시대 현대시조의 한 위의威儀를 경험하게끔 하는 동시에 정형 양식의 정점을 만나보게끔 하는 기회를 제공한다는 점에서 괄목할 만한 성과가 아닐 수 없는 것이다. 이러한 미학의 구상과 실천 의지를 힘껏 토로한 「시인의 말」은, 윤금초 시인이 공들여 쓴 민족 정형시론이기도 하다. 그 일부를 한번 읽어보자.

일찍이 문화민족에게는 그들 나름의 민족시나 정형시가 발전, 정착돼왔다. 중국에는 오언율시나 칠언절구라고 불리는 한시漢詩가 있고, 서구西歐에는 소네트라고 하는 14행시가 존재하고 있다. 일본엔 와카和歌나 하이쿠俳句라는 전통문학이 있고, 우리 한국에는 시조라는 이름의 정형시가 엄연히 존재하고 있다.

(…)

'즉물시卽物詩'란 가당찮은 말이지만, 가끔 단형시조에서는 대상을 포착하자마자 곧바로 요리해야 하는 날쌘 순발력이 필요하다는 사실을 체득했다. 그렇다. 스쳐 지나가는 '순간의 영감'을 포착하는 것이 단형시조의 명운命運을 가름하는 요체要諦라는 사실을 체험하기도 한 것이다.

시인은 중국의 '한시', 서구의 '소네트', 일본의 '와카'나 '하이쿠'라는 전통문학이 다양하게 존재하듯이, 우리 역시 문화 민족의 일원으로서 오랫동안 '시조'라는 정형시를 정착시켜 왔음을 상기한다. 이러한 민족시로서의 전통 위에서 시인은 자신이 최근 '즉물시'의 지향을 통해 대상을 순간적으로 포착하고 묘사하는 작법을 깊이 체득해가고 있다고 고백한다. 그렇게 윤금초 시인은 최근 '순간의 영감'을 포착하고 표현하는 단시조의 미학적 가치를 새삼 느껴가고 있는 것이다.

일본 정형시 '하이쿠'는, 우리도 잘 알고 있듯이 자연과 계절에 대해 선명한 이미지로 노래하는 한 줄짜리 단형 시이다. 애호가 100만을 헤아린다고 하는 이 단형의 정형 양식은, 지금도 그 울타리를 세계적으로 넓혀가고 있는 현재 진행형의 문학 자산이다. 하이쿠의 대표 시인이라고 할 만한 마쓰오 바쇼松尾芭蕉가 자신의 문하생들에게 했다는 "모습을 먼저 보이고 마음은 뒤로 감추어라"라는 말은, 하이쿠가 추구하는 양식적 목표를 분명하게 알려준다. 말하자면 그것은 사물의 '모습'을 선명한 이미지로 드러내고 시인의 '마음'은 적절하게 생략하거나 은폐함으로써 어떤 시적 효과를 얻는 데 있다. 이러한 '드러냄'과 '숨김'의 창조적 긴장을 통해 이 단형 양식은 자신만의 존재 이유를 얻어 간 것이다. 여기서 우리는 그러한 하이쿠의 기율과 우리 단시조의 그것이 충실하게 접점을 형성할 여지를 발견한다. 그 접점이 동아시아 정형 미학의 보편성과 우리 시조만의 특수성을 동시에 설명해줄 수 있을 것이다. 결국 우리는 단시조의 압축과 생략의 미학, 그리고 율독적 고려와 엄정한 구심적 형식 미학을 통해 윤금초 시인만의 단형 서정이 주는 전율과 그로부터 생성되는 깊은 심연을 느껴볼 수 있을 것이다. 이번 『앉은뱅이꽃 한나절』은 그러한 미학적 성취를 가멸차고도 밀도 있게 응집한 결실이 아닐 수 없다. 이제 그 세계 안으로 한번 들어가 보자.

2

이번에 모아진 윤금초 단시조의 중요한 속성 가운데 하나는, 그가 탐구하고 묘사하는 대상이 어떤 근원적이고 성스러운 분위기에 감싸여 있다는 점이다. 그 안에는 자연 사물이 들려주는 성스러운 소리를 통해 원초적 통일성을 회복하고 완성하려는 열망이 줄곧 나타난다. 그리고 시인이 귀 기울이며 듣는 것 역시, 그 성스러움을 담은 어떤 근원적인 '침묵의 소리'이다. 이는 어떤 신성한 것이 자신의 목소리를 고요하게 들려주는 과정으로서, 자연 사물 속에서 시원始原의 뿌리를 발견하고 그 흔적들을 찾고자 하는 윤금초 시인의 시적 촉수가 그 안에 강렬하게 자리하고 있다고 할 수 있을 것이다. 가령 다음 시편은 그렇게 근원적이고 성스러운 분위기에 감싸인 진정성 있는 상상력의 전율을 구체적으로 보여주는 실례일 것이다.

페가수스 우련 뜨고

미리내도 눈을 씻고

청자 하늘 얼비친다, 천창 한껏 여는 그날.

보게나, 천장을
가른
아찔한 저 비상구.
－「천창天窓」 전문

'페가수스'는 그리스 신화에 나오는 날개가 달린 천마天馬로서 하늘에 올라 별자리가 된 존재이다. 그리고 '미리내'는 은하수를 뜻하는 것이니 아마도 밤하늘의 장관이 그렇게 펼쳐진 듯하다. 이때 시인의 시선은 "청자 하늘"을 통해 "천창 한껏 여는 그날"을 향한다. '천창'이란 일차적으로는 빛이 잘 들게 하거나 공기의 순환을 목적으로 지붕에 내는 창문이지만, 하늘과 우주를 향한 매개적 통로라는 측면에서 보면 그것은 이 시편에 우주론적 속성을 적극 부가하게 된다. 그래서 "천장을 / 가른 / 아찔한 저 비상구"는 아마도 신성하고 궁극적인 우주로 나아가는 의지를 보여주는 장치라고 할 수 있을 것이다. 이러한 우주론적이고 신성한 영역을 가로지르려는 미학적 의지는 다른 시편들에서도 어김없이 얼비친다.

가 이를까, 이를까 몰라
살도 뼈도 다 삭은 후엔

우리 손깍지 끼었던 그 바닷가
물안개 저리 피어오르는데,

어느 날
절명시 쓰듯
천일염이 될까 몰라.

–「천일염」 전문

내 예꺼정, 예꺼정 왔네. 발품 하냥 팔고 왔네.

이승 굽이 머흔 굽잇길 발품, 발품 팔고 왔네.

들기름, 들기름 먹인 듯 훗승 길도 얼비치게.
–「어느 무요일無曜日 1」 전문

태양을 쬐면서 자신의 결정성結晶性을 구축해온 소금은 "살
도 뼈도 다 삭은 후"에 "손깍지 끼었던 그 바닷가"를 선연하
게 환기해준다. 당연히 시인은 "어느 날 / 절명시 쓰듯" 천일
염으로 화하여 깨끗하고 견고한 존재 전환을 담담하게 받아
들이는 자신을 발견한다. 이러한 존재론적 변화 과정이 '발
품'이라는 은유를 동반한 것이 다음 시편이다. '무요일無曜日'이
라는 연작 제목을 달고 있는 이 시편은, 시인 자신이 여기까
지 이른 것이 "발품 하냥 팔고" 온 것이고 "이승 굽이 머흔 굽
잇길"을 돌아 "들기름 먹인 듯"이 밝게 "훗승 길"을 비추는
과정이었음을 고백하는 과정으로 짜여 있다.
　이 시편들은 삶과 죽음의 구획을 지우면서 가장 순결하고
고된 시간을 걸어온 시인 스스로의 자기 고백을 가득 담고 있
다. 찰나의 직관을 통해 살도 뼈도 다 삭은 훗승의 길을 밝게

비추는가 하면, '절명시'처럼 가파른 음성을 통해 발품 팔고 견지해온 삶에 대한 깊은 자긍심을 보여주기도 한다. 그 가파른 기운이 "비루한 눈빛 걷으라고"(「고백」) 시인을 재촉하면서 '시인'으로서의 길을 걸으라고 강렬하게 독려하고 있는 것이다. 이러한 자기 긍정의 시선은 윤금초 시인의 단시조 미학을 현상계에서 벗어나 더 깊은 형이상학적 상상력으로 이끌어가는 원동력으로 작용하기도 한다.

무르녹은 아편꽃물 온몸 물집이 생기고

귓불 간지럼 태우는 날벌레 날갯짓 잦다.

코 째는, 아으! 코 째는, 꽃의 난전 이 봄날.
　－「난전亂廛」 전문

머루포도 속살 속에 비비새가 숨어든다.

숨어든 속살 쪼아대는 어머니 때 이른 가을

검붉은 포도알 아닌

쭉은 젖을 내민다.

-「머루포도 어머니」 전문

　봄날의 "무르녹은 아편꽃물"에 의해 물집이 생긴다거나 날벌레들의 날갯짓에 의해 봄날의 풍경이 난전에 가까운 활력을 보인다거나 하는 것은, "코 쩨는, 아으! 코 쩨는"이라는 반복의 음률에 의해 그 정점을 하나하나 얻어간다. 그리고 그 실질은 가장 모성적이고 근원적인 자연 사물의 질서로 나타나게 된다. 다음 시편에 나오는 '머루포도' 역시 '어머니'로 비유되고 있다. '붉은머리오목눈이'가 머루포도 속에 숨어들어 속살을 쪼아대는데, 이때 '머루포도'는 "검붉은 포도알" 대신에 "쭉은 젖"을 내밀지 않는가. 이런 모성의 은유야말로 가장 근원적인 자연 질서를 향하는 시인의 상상력을 오롯하게 보여준다. 이러한 상상력이 가장 빛을 발하는 성과가, 아마도 윤금초 시인의 대표 시편 가운데 하나일 다음 작품이 아닐까 한다.

　속울음
　붉디붉게 퍼 올리는
　능소凌霄야,
　능소

　애달게 잉잉거리는

호박벌
늦은 젖 물리고

세상에!
눈먼 돌부처를
툭, 툭
깨운
저 능소야.
−「능소야, 능소」 전문

이 아름다운 단시조에는, 여름 붉은 꽃을 피워 올리는 '능
소화'에 대한 심미적 찬탄과 함께 그 안의 울음소리를 듣는
시인의 명민한 '귀'가 그려져 있다. 시인은 능소화의 붉은 외
관에서 붉디붉게 퍼 올리는 '속울음'을 듣고 있다. "애달게 잉
잉거리는 / 호박벌"들에게 늦은 젖을 물린 채 세상의 뭇 존재
자들을 깨우는 능소의 모습 속에서 "눈먼 돌부처"마저 깨우
는 붉은 울음소리를 듣는 것이다. 이는 자연 사물에 존재의
형식을 독특하게 입히는 순간이다. 이 모든 것이 사물에 자신
의 귀를 내어주는 시인의 열린 감각에서 가능했을 것이다. 윤
금초 시인은 이처럼 자연 사물의 커다란 스케일을 담아내기
도 하고 미세한 풍경을 노래하기도 하면서 그 안에서 그들의
울음소리를 미세하게 들으며 그들에게 가장 적절한 존재의

형식을 입혀주는 시인이다. 그것이 바로 시인의 오롯한 직능이기도 하다는 듯, 시인은 일관되고도 첨예한 자의식으로 이러한 일을 묵묵히 수행하고 있다. 말할 것도 없이, 그것은 "속 울음 / 붉디붉게 퍼 올리는" 순간을 잡아채면서 "세상에!"라는 감탄사를 시인으로 하여금 발하게 했을 것이다. 이러한 상상력은 '연꽃'을 대상으로 하여 "헐었다 도로 짓는 적멸보궁 먼발치께 // 잉걸불 햇덩이 // 말고 // 물빛 달을 // 피워 문다"(「연꽃 몽유夢遊」)라고 묘사하거나, "숫구멍, 저 발끝꺼정 / 죽비 친다, 수직 할喝!"(「제주 정방폭포」)이라고 활력 있게 묘사하는 순간으로도 이어진다. 따라서 우리는 시인이 스스로의 작업을 두고 "비렁뱅이 글쓰기"(「어떤 뚱딴지」)라고 겸사를 한다 하더라도, 그의 시 쓰기가 "고요가 고요더러 눈인사를 건네"(「슬픈 고요」) 오는 그 순간에 일렁이는 불꽃의 에너지를 바라보고 있음을 투명하게 알게 된다.

이처럼 우리는 윤금초 시인의 단시조 미학을 통해, 시조의 고유 자질인 정형이 자유로운 시상을 가로막는 불필요한 장애 요인이 아니라 그러한 형식적 특성을 통해서만 성취가 가능한 어떤 불가피한 '존재의 집'임을 선명하고도 구체적으로 알게 된다. 불가피한 정형의 울타리를 통해, 더구나 가장 짧은 단시조를 통해, 시인은 스케일이 큰 우주적 상상력에서 작고 미세한 사물들의 움직임에 이르기까지 자연 사물이 구축하는 성스러운 이법理法들을 재구再構해간다. 그 안에서 우리는 참으로 다양한 시적 경험을 하게 된다. 또한 우리는 장중하고 파장이 큰 순간적 통일성을 통해, 이른바 '충만한 현재형'에서 구축되는 정서를 만나게 되는데, 그 상상력과 정서가 정형의 조건 안에 잘 갈무리됨으로써 잘 짜여진 고전적 감각과 인식을 경험할 수 있게 된다. 결국 우리는 윤금초 시학의 발화를 따라 인간의 원초적이고 미분화된 정서와 통합적인 삶의 이치를 경험할 수 있게 되는 것이다.

3

　서정시의 고유 임무는 아마도 존재론적인 싸움을 감당하는 영혼들의 내적 고투를 기록하는 과정에 있을 것이다. 그 안에는 우리 시대의 중심 원리가 인간의 합목적적 이성이나 오래된 관행에 의해 일사불란하게 관철되고 있다는 데 대한 미적 항의와 함께, 근대적 이성이 그어놓은 숱한 관념의 표지標識들에 대한 해체 및 재구축의 열정이 깊이 담겨 있다. 물론 그러한 부정과 해체의 정신은 실험적 전위들이 항용 가질 법한 치열한 모험 정신과는 비교적 거리가 먼 것이다. 오히려 그것은 잃어버린 서정시의 위의를 세우려는 고전적 열망과 깊이 닿아 있는 어떤 것이다. 그래서 그 안에는 인간들이 인위적으로 정해놓은 경계나 문명의 표지들과, 그 경계나 표지를 지웠을 때의 자유로움이 대비적으로 그려지게 된다. 그 자유로움이 바로 우리가 근대를 열병처럼 치르는 동안 상실한 생명의 속성이자 원리일 것이다.

말할 것도 없이, 우리가 쓰고 읽고 있는 '현대시조'는 이러한 생명의 속성을 전위적으로 가다듬고 실현하는 대표적 양식이다. 그 안에는 생명의 속성과 원리에 대한 신선한 감각, 그리고 그것의 충실하고도 산뜻한 묘사의 과정이 담겨 있다. 이러한 방향은 곧바로 우리 시대의 불모성과 교감 단절, 그리고 실용주의적 기율에 대한 유력한 시적 항체가 될 수 있을 것이다. 윤금초 시인의 시편 안에는 자연 사물 속에서 생의 이법을 발견하려는 의지가 강하게 묻어 나오는데, 거기서 우리는 이러한 서정시의 미적 항체로서의 성격을 적극 간취하게 된다. 그리고 자연 사물 속에 담겨 있는 독자적 의미와 가치에 눈떠가는 시인의 미적 고투 과정을 통해, 따뜻하고도 아름다운 삶의 심층에 대한 기억을 만나보기도 한다.

어느 검은 검투사가

창검 마구 휘두른다.

으, 으, 으, 떨며 떨며

백동 잎이 흔들리고

자다가 소스라친다,

가위눌린 이생에서.
–「어느 무요일無曜日 6」 전문

큰 주름 뒤에 작은 주름
주름은 곧 준법皴法이다.

팔을 밀었다 당겼다, 때리거나 긁는 하루

저 바다
뭍을 만난 자리
가끔 삶은 두 경계다.
–「섬 1–강진 마량 까막섬」 전문

어느 검투사가 창과 칼을 휘둘러 백동 잎이 흔들릴 때, 시인은 소스라치면서 가위눌린 자신을 서서히 발견한다. 하지만 시인은 '이생'에 "우리 모두 살리는 고마운 생명 향기"(「생태 뒷간」)가 편만함을 결코 잊지 않는다. 생명의 속성이라는 것이, 소멸 뒤의 생성적 움직임에 의해 적극 추동되고 있음을 시인은 노래하는 것이다. 당연히 우리는 시인이 "진사辰砂 구름 한 자락도 동취銅臭 난다"(「어느 무요일無曜日 5」)라고 노래할 때도, 자연 사물 속에 깃든 순리와 역리를 안아 들이는 그의 품과 격을 만나게 된다.

또한 "큰 주름 뒤에 작은 주름"이 이어지는 것이 바로 '준법皴法'인데, 그것이 산과 바위 표면의 질감과 입체감을 나타내기 위해 사용하는 표현 기법이라는 점에서, 우리는 시인이 바다와 뭍이 서로의 경계를 지우면서 넘나드는 생성적 자리를 담아내는 과정과 만나게 된다. 그것이 바로 "가끔 삶은 두 경계"임을 보여줄 수 있는 형상이기 때문이다. 이처럼 강진 바다에서 만난 '섬'에서 바다와 뭍의 존재 방식을 동시에 묻고 있는 시인의 고투가 아름답기 그지없다. 그리고 그러한 고투 과정을 겪고 나서의 심미적 결실을 담고 있는 실례는 바로 다음 시편에서 펼쳐진다.

청동 입술 타다 만 듯
칠흑 어둠 굴가마 속

칠점사 비늘 같은
누비주름 죽절이며

탱탱한 비색翡色 천년이

고여 내린 하늘색 일요일.

'청동'이 완성되기까지 거쳐야 했던 공정 과정은 그 자체로 "칠흑 어둠 굴가마 속"의 연단 과정이었을 것이다. 어쩌면 그 것은 "칠점사 비늘 같은 / 누비주름 죽절"이 형상적으로 반영 된 것일 터이고 그만큼 견고하고 심미적인 시간이 배어 있기 도 할 것이다. 윤금초 시인은 여기서 "탱탱한 비색翡色 천년" 을 바라보면서 "하늘색 일요일"을 맞이하고 있다. 이때 그 빛 깔과 시간은 "반역反逆의 사랑"(「버마재비 사랑법」)을 넘어 존 재 증명에 이르는 것의 유비analogy로 작동하고 있다고 할 수 도 있을 것이다. 자연스럽게 이러한 존재론적 고투 과정이 예 술적 지경에 이르는 유일무이한 길임을 시인은 노래하는 것 이다. 아름답고 절절하고 또한 단단한 형상으로 가득하다.

어느새 폐문이 돼버린 쭉은 누이 자궁도 같이,

이물없이 내려앉아 똬리 튼 산그늘같이.

그러게,

아이 어지러워

어깨 겯는 앉은뱅이꽃.
    –「앉은뱅이꽃 한나절」 전문

골 깊은
새벽잠
깬
푸른 고려 하늘 이고,

은입사
실구름무늬
태산의 무게
받쳐나 들고,

낮벌레
울음밭 흔든
꼬리 짧은
저 메아리.
    –「가는잎쑥부쟁이」 전문

단풍물 무르녹은 으능잎도 다 이운 자리

애운한 일 휘파람 부는 휘파람새 불러놓고

남천 빛 저리 물드는가, 저무는 이승 붉어라.

－「남천南天」전문

　이 세 시편은 모두 '꽃'이나 '나무'를 제목으로 삼은 결실들
이다. 시집 표제작이기도 한 맨 앞의 시편에서는 흠허물 없이
살아온 '제비꽃'의 모습을 노래하고 있다. 비록 '폐문'이 되어
버린 '누이 자궁'과도 같고, 어느새 깊어진 '산그늘'과도 같지
만, 혼곤한 기운으로 주위를 감싸면서 어깨를 겯는 그 '앉은
뱅이꽃'은, 생명의 이법을 통해 존재론적 근원에 가 닿으려는
시인의 지향을 잘 담아내고 있다.

　그다음 작품은 '가는잎쑥부쟁이'를 다루었다. 이 이채로운
대상을 둘러싼 풍경은 깊은 새벽잠에서 깨어난 듯 푸른 "고려
하늘"과 "태산"의 무게를 고스란히 받쳐 든 벌레들의 울음소
리에 싸여 있다. 그 소리가 '메아리'로 차츰 퍼져가면서, 마치
은줄을 새겨 넣어 장식한 주석 그릇처럼, 견고하게 생명현상
의 참모습을 비춰준다.

　마지막 시편에 나오는 '남천'은 '남쪽 하늘'이라는 아름다
운 이름을 가진 나무인데, 흰색의 작은 꽃이 피고 가을에 둥
근 열매가 빨갛게 익는다. 그래서 시인은 "단풍물 무르녹은
으능잎"도 이울고 "애운한 일 휘파람 부는 휘파람새"도 날아
가는 장면을 통해, 물들면서 저물어가는 지상의 사물들을 선
명하게 묘사하고 담아낸다. 자연 사물들이 서로 어울리면서

앞서거니 뒤서거니 순연한 질서를 완성하고 있는 순간이 거기 그려지고 있다.

갈잎 책장 펼쳐놓고 담론談論하는 가을 어귀

눈먼 돌부처 코허리 단풍물이 들락 말락

비릿한 세상도 이내

적멸 천리 감빛 깊다.
 -「가을 담화談話」 전문

윤금초 시인은 "갈잎 책장"이 가득 펼쳐진 가을에, 눈먼 돌부처 코허리에 단풍물이 들어가는 순간을 잡아낸다. 가장 깊은 "적멸 천리"의 감빛이 그때 비릿한 세상을 넘어가고 있다. 이러한 과정을 소통 형식의 한 방법인 '담화談話'로 비유하면서, 시인은 온갖 격정의 시간을 지나 새로운 질서로 귀일하는 존재자들을 통해 자연 이법의 풍요로움과 아름다움을 노래한다. 그리고 "죽었다 도로 살아난 // 캄캄한 밤하늘엔 // 풀무질 // 타는 불길 넘어 // 상처는 다 별이 된다"(「상처는 별이 된다」)라고 노래하면서, 생명현상의 궁극성을 담아내려는 자신의 미학적 의지와 실천을 관철하고 있는 것이다.

결국 우리는 인간을 둘러싼 환경이나 제도, 관행, 지적 풍토 등이 일련의 복합성을 띠고 있는 시대에, 이러한 윤금초 시인의 단시조가 생명현상의 깊이와 너비로써 미학적 항체로서의 역할을 하고 있음을 알게 된다. 다시 말해 심미적 관조나 순간적 정서로 한 시대를 담기에는 사회적 관계가 많이 복잡해지기는 했지만, 여전히 단순성과 함축성을 통해 그러한 시대에 대한 역명제를 제시하는 것이 바로 윤금초 단시조의 대안적 지표라고 말할 수 있는 것이다. 따라서 우리는 가장 짧은 형식을 통해 시를 쓰려는, 언어를 사용하면서도 언어의 명료성을 부정하려는 시인의 역설적 노력이 바로 압축과 긴장의 미학에 대한 집착을 견고하게 지켜왔다고 말할 수 있을 것이다. 이러한 압축과 긴장의 감각이야말로 언어 자체에 대한 본원적 부정이 아니라 언어의 과잉을 경계하려는 방법적 부정을 말하는 것이니만큼, 윤금초 시인은 '언어'에 대해 민감하고 메타적 인식이 깊은 시인이 아닐 수 없다. 결국 우리는 언어 과잉을 경계하려는 시인의 미적 선택 행위가 '단시조'라는 극점의 단형 양식을 통해 집중적으로 구현되었으며, 시인의 단시조는 이러한 미학적 층위에서 발원하고 결정結晶한 예술적 성과라고 할 수 있을 것이다.

4

  말할 것도 없이, 정형 양식은 의미를 낱낱이 설명하는 쪽이
아니라, 그 의미를 응축하는 쪽에 서 있다. 세계 내적 존재로
서의 인간이 가지는 복합적 삶의 마디들을 일일이 설명하지
않고, 생략의 미학을 통해 상상적 참여의 기능을 강화하고 있
는 것이다. 이처럼 산문적 구체성보다는 초월과 암시를 주음
主音으로 하는 시적 생략의 미학은 단시적 완결성을 통해 자
신만의 존재론적 가치를 넓혀가게 된다. 당연히 이러한 원리
는 여전히 우리 시조의 중요한 창작 방법이자 미적 권역으로
남게 될 것이다. 말하지 않음으로써 의미 과잉을 역설적으로
경계하는 양식적 속성이, 우리가 추구하고 실현해야 할 '시적
인 것'의 영역을 확장하고 심화하는 데 기여해갈 것이기 때문
이다.
  윤금초 시인은 이러한 속성을 깊이 견지한 채 유니크한 경
험과 인식들을 사물과의 자연스런 교감을 통해 표현하고 있
다. 자신의 경험과 인식을 사물에 다시 투사함으로써, 대상과
의 불화보다는 친화 과정을 적극 택하기도 한다. 이러한 과정
에서 쓰인 작품들은 대부분 산뜻한 감각과 사유의 소품小品적
속성을 유지하고 있는데, 윤금초 시인의 이번 시집은 이러한
시조 미학을 정공법으로 구현한 대표적 사례일 것이다. 그럼
으로써 시인은 좀 더 본질적이고 근원적인 곳으로 다가선다.

백설기 눈가루가
팔한지옥八寒地獄 얼음 위에
켜켜이 포개져 있다.

빛 부스러기
내려앉은 호숫가에
금비늘 뒤척이고

휘굽은 다복솔 가지
오도송을 외고 있다.
　－「그해 겨울 칸타빌레」 전문

은사시
지는 잎이
새 떼처럼 날아든다.

가뭇없이
저무는 세월
마른바람 스쳐 오고

때로는
감전感電된 드키

날개 팽글
추락한다.
　–「은사시 잎새」 전문

　　겨울 풍경이 심미적으로 조형되어 있는 앞의 시편은, 아름
다운 음악과의 결속을 통해 더욱 윤금초 시인의 '귀'가 열려
있음을 방증한다. 시의 제목에도 있는 '칸타빌레cantabile'는 악
보에서 '노래하듯이'라는 뜻을 말한다. 표정을 담아 선율을
아름답게 흐르는 듯이 연주하라는 말이기도 하다. 그렇게 노
래하듯이 시인은 얼음 위에 포개져 있는 눈을 "백설기 눈가
루"로 비유하고, 빛 부스러기가 "팔한지옥八寒地獄 얼음"을
비추고 호숫가를 비추는 순간 "휘굽은 다복솔 가지"가 오도
송悟道頌을 외고 있는 장면을 포착한다. 자연 사물이 오도송
을 외고 있는 그 찰나는, 시인이 명민한 '귀'를 열고 비가시적
세계를 받아들이는 품을 보여주는 순간일 것이다. 그리고 뒤
의 시편에서 시인은 은사시 잎이 새 떼처럼 나부끼는 곳에서
"가뭇없이 / 저무는 세월"을 바라보면서, 마른바람 속에서 마
치 "감전感電"을 경험하는 듯이 추락하는 한 시절을 그려내고
있다. 모두 자연 사물의 이치를 통해 가장 본질적이고 근원적
인 존재 형식을 노래한 것이다. 이 역시 미적 전율을 허락하
는 형이상학적 시간이 아닐 수 없다.

깊으나 깊은 무저갱 속

난바다 너울을 짚고

팽팽한 수평선 넘실,

한 척 낚배 띄운 그날

미늘에

들숨 날숨 걸고

고패질이 하염없다.
－「미늘」전문

　여기서 '미늘'이란 낚시나 작살의 끝에 있는, 물고기가 물
면 빠지지 않도록 가시처럼 만든 작은 갈고리를 말한다. 시인
은 그 '미늘'을 대상으로 하여 깊은 무저갱 속에서 난바다의
너울을 짚고서 수평선을 넘어가는 한 척 배를 상상한다. 미늘
에 숨을 걸고 수행하는 하염없는 '고패질'이란, 자연스럽게 윤
금초 시인이 하고 있는 시작詩作 과정을 은유하는 것일 터이
다. 역시 '언어'에 대한 깊은 자의식을 통해 존재의 본질적이

고 근원적인 지경으로 나아가려는 윤금초 시인의 모습이 약여하게 만져지는 작품인 동시에, 시 쓰기의 고됨과 자유로움이 결합되어 있는 가편이 아닐 수 없다.

파묵破墨의

일출 바다

쥘부채를 펼친다.

등줄기

쫙

가르는

얼음바람 건듯 일고,

펼쳤다

도로 접히는

이승 한때가

쥘부채다.
–「아침 쥘부채」 전문

이마엔 듯
이마엔 듯
불도장을 찍어놓고

일흔 이랑 물굽이에
세월 그도 녹아내려

당단풍
붉은 잎살이
문득
가을
시마에 젖다.
–「가을 시마詩魔 2」 전문

앞의 시편에서 '파묵'이란, 짙은 먹으로 큰 형태를 묘사한 뒤에 옅은 먹을 겹쳐서 농담 효과를 내는 방법을 말한다. 특히 암석의 주름을 묘사할 때 자주 쓰는 방법인데, 풍경과 대상의 입체감과 생동감을 드러내는 효과를 가진다. 이 작품은 이러한 파묵의 입체적이고 생동감 있는 상상력을 빌려 왔다고 할 수 있다. 파묵의 상상력이 덧입혀진 '일출 바다'에서 시인은 '쥘부채'를 펴고, 그때 서늘하게 등줄기를 가르는 얼음바람을 느끼고, 일출의 순간이 펼쳤다 접히는 "이승 한때"가 쥘부채를 폈다 접는 순간과 겹쳐지는 것을 사유한다. 여기서 '파묵'의 바다에서 쥐었다 펴는 입체적인 생의 순간이야말로 시인의 생 자체이자, 어쩌면 그 순간의 충만함을 담아내는 '시'를 은유하는 것이기도 할 것이다. 그야말로 "파묵破墨의 // 일출 바다"가 심미적으로 펼쳐진 그림이 아닐 수 없다.

뒤의 시편에서는 이마에 찍힌 불도장처럼 일흔 이랑 물굽이에 시간이 녹아 덧입혀진 "당단풍 / 붉은 잎살"이 시인으로 하여금 '시마詩魔'를 경험케 하고 있다. 이때 '시마'란 마치 "해종일 궁구窮究한다, // 시계視界 밖은 천길 벼랑"(「어느 무요일無曜日 11」)에서처럼 존재론적 극한을 상상하면서 다가오는 시적 순간이자 그 안에 담긴 유일무이한 존재론적 에너지일 것이다. 이러한 시마에 가 닿는 여정은 이번 시집 곳곳에서 나타나는데, 특별히 가장 구체적인 물질성을 동반하면서 펼쳐진 것이 바로 '둔황' 관련 연작이라고 할 수 있을 것이다.

기다란 민둥산이 곱게 늙은 와불이다. 꿈결엔 듯, 생시엔
듯 모래구릉 헤매는 날

생사의 경계를 긋는 중음中陰의 땅 에서 본다.
    -「둔황 가는 길 5」 전문

천축 오가는 입축승入竺僧 바람 가린 파오 두엇

허위허위 죽음의 땅 사투 끝에 넘나들고

보게나,

병들고 눈곱 낀

낙타 눈이

짠하다.
    -「둔황 가는 길 7」 전문

'둔황'이란 중앙아시아를 가로지르는 실크로드를 따라 펼쳐진 전통적인 중국인 거주지의 서쪽 끝에 해당하는 지역이다. 서양에서 중국령으로 들어가는 외국 상인들이 처음으로 거쳐 갔던 교역 도시이기도 하다. 이곳에서 시인은 "기다란 민둥산"을 "곱게 늙은 와불"로 바라보면서, 한편으로는 꿈결처럼 한편으로는 현실처럼, "생사의 경계를 긋는 중음中陰"의

실재를 응시하게 된다. 이 모든 것이 일정한 경계를 가로질러 존재론적 궁극에 닿고자 하는 시적 열망을 매개하는 과정일 것이다. 그런가 하면 그렇게 천축을 오가는 '입축승'들이 죽음의 땅을 넘어 동행했던 "낙타 눈"이 마음 짠하게 보이는 순간은, 윤금초 시인이 다다른 지극한 연민의 시간이기도 할 것이다. 이러한 존재론적 가로지름이 바로 시간적 구획으로 분별지分別智를 형성했던 근대적 이성의 표지들을 넘어서는 윤금초 시인만의 미학적 과정인 셈이다.

물론 이러한 시간 인식과 형상은 윤금초 단시조 미학의 가장 깊은 심층에서 이루어지는 시적 기율이다. 하지만 서정시에서 시간에 대한 경험과 기억이 남달리 형상화되는 경향이 윤금초 시인만의 고유한 성취는 아닐 것이다. 오히려 그것은 서정시가 태동한 이래로 끊임없이 이루어져 온 미적 권역이라고 해야 옳을 것이다. 그럼에도 불구하고 최근 근대적 시간에 대한 새로운 반성이 전 세계적으로 이루어지고 있고, 또 우리가 엄청난 속도로 진행되고 있는 시간의 흐름을 목도하고 있는 시기라서 그런지, 시간에 대한 이러한 탈(반)근대적 성찰이 윤금초 시조의 주요 음역音域이 되고 있다는 것은 적극 새길 만하다. 그것은 지나온 시간에 대한 끊임없는 반추일 경우도 있고, 자연 사물의 외관과 속성에 대한 인생론적 관조일 수도 있고, 인간의 역사 속에 각인된 흔적들을 응시하는 일종의 메타화한 관점일 수도 있다. 우리가 이러한 속성들을 담은 윤금초 시인의 단시조들을 더욱 반기는 까닭 역시, 근대의 디오니소스적 이면을 꿰뚫는 시인의 혜안이 그 중심적 원리로 기능하고 있기 때문일 것이다.

결국 윤금초 시인은 우리가 지각할 수 있는 그 어떤 것들도 시간 형식이 아니고는 파악할 수 없다는 발견을 줄곧 언표하고 있다. 그 과정에서 빈번하게 나타나고 있는 형상이 가령 '기억'이라든가 '흔적', '상처', '일상', '유적遺跡'과 관련된 이미지들이다. 이처럼 시인은 서정의 원리가 시간의 축적과 그것의 순간적 응축 속에서 가능하다는 데 흔쾌하게 동의하면서, 한결같이 자신이 지나온 시간의 마디들을 시편 안에 되살리고 있다. 그리고 행간마다에 은폐되어 있는 시간의 흔적들을 재구하는 동시에 내적 성찰을 통해 시원의 형상을 복원한다. 물론 여기서 '시원'이란 공간적 유토피아나 시간적 유년을 지칭하는 것이 아니라, 우리의 지각 형식으로는 가 닿기 어려운 신성의 가치를 안은 궁극적 본향이기도 하고, 훼손되기 이전의 정신적이고 영적인 경지를 간접화한 형상이기도 하다. 윤금초 시인은 이러한 형상을 일상 속에서 찾아내기도 하고, 자연 사물에서 발견하기도 하면서, 시원의 상상적 완성을 꾀하고 있는 것이다.

5

　'정형'이라는 현저한 외적 제약에도 불구하고, 윤금초 시인의 단시조들은 이처럼 원초적 통일성을 회복하려는 서정 양식의 본래적 지향을 풍요롭게 구현하고 있다. 그것은 시적 형식의 단호한 절제에서 오는 효과이자 시인 특유의 응축적 내공에서 오는 필연적 결실이기도 할 것이다. 그 점에서 윤금초 시인의 작품들은 최근 시조 내에서 율격적 자질을 확장하려는 시도에 대한 자성의 실례로 보아도 좋을 듯하다. 그래서 우리는 정형 율격을 섬세하게 지키면서 다양한 삶의 양상을 반영하는 일이 앞으로 시조 양식에 부여된 과제라고 생각하게 된다.

　물론 단시조가 취해가는 미학에 원천적 제약이 따른다는 점에 대해서는 부가적 설명이 있을 수 있다. 가령 단시조는 구체적 사람살이의 모습을 풍요롭게 담아내기 어렵다. 또한 정형이라는 요건을 최소한도로 충족한 채 여러 변격變格을 시도하기에 물리적으로 비좁다. 그래서 단시조는 안정되고 직관적이고 고요한 세계에 대한 편향으로 흐를 개연성을 가진다. 그리고 일정한 내러티브를 내장한 이야기 지향 형식을 취하기 어렵다는 것도 단시조 미학의 본원적 한계라고 해야 할 것이다. 그 밖에도 단시조의 양식적 제약은 여러 가지가 있을 것이다. 그럼에도 불구하고 윤금초 시인의 단시조는 '완벽한 노래'로서의 가능성과 '다른 목소리'로서의 가능성을 커다랗게 가지면서, 기억의 편의를 도우면서, 우리 시조의 심미적이고 응축적인 결실을 높은 수준에서 입증해내고 있다.

결국 우리는 윤금초 시학의 핵심이 형식에서의 절제, 내용에서의 전통과 현실 사이의 길항에 있다고 말할 수 있다. 사실 전통과 현실 사이의 창조적 균형이 없다면, 시조 양식의 확장이나 개신은 거의 불가능하고 또 무의미할 것이다. 그만큼 정격正格을 유지하면서 우리의 전통과 현실을 적극 매개하고 통합하려는 의지는 중요한 것이다. 윤금초 시학은 이러한 현대시조의 오랜 과제, 곧 고전적 구심과 현실적 균형 감각을 특유의 내적 깊이로 보여준 사례일 것이다. 따라서 우리는 그의 이러한 시조 미학에 대한 중후하고도 지속적인 굴착 의지를 두고, 시인의 존재론과 시조의 양식론에 대한 실천적 응답이자 시조가 현대적 양식으로 거듭날 수 있는 가능성에 대한 정공법적 실천이라고 할 수 있을 것이다. 이러한 다양한 미학적 문양들이 윤금초 단시조로 하여금 단형 서정의 전율과 그 심연을 구현하게끔 하는 것이다. 우리 시조 시단에서, 어찌 귀한 사례가 아니겠는가.

앉은뱅이꽃 한나절

초판 1쇄   2015년 2월   2일
초판 2쇄   2015년 12월 10일
지은이   윤금초
펴낸이   김영재
펴낸곳   책만드는집

주소   서울 마포구 양화로3길 99 4층 (04022)
전화   3142-1585·6
팩스   336-8908
전자우편   chaekjip@naver.com
출판등록   1994년 1월 13일 제10-927호
ⓒ 윤금초, 2015

ISBN 978-89-7944-514-5 (04810)
ISBN 978-89-7944-513-8 (세트)